아침달 시집

우리의 노래는 이미

홍인혜

시인의 말

푹 젖은 어깨로도
무지개를 봤으니
이제 됐다고

2022년 12월
홍인혜

차례

부록

한 장의 사람

오려진 듯 웃지만 손쉽게 구겨지는 사람 가슴에 손을 넣어 점자 같은 흉터를 쓸어보는 사람 딱 한 장만큼 자주 부끄러운 사람 흘러드는 음악에 얼룩지는 사람 젖은 발을 끌며 걷다 문득 고개를 들어, 마른하늘을 가르는 비행기를 물끄러미 바라보는 사람 팔을 길게 뻗었다가 천천히 접는 사람 조금씩 늦어지는 사람 매일 피부에 일상을 적어 넣는 사람 까맣게 번성하는 단어들 더는 빈칸이 남아 있지 않은 몸 오늘을 남기기 위해 어제를 문질러 지우며 조금씩 얇아지는 사람 비가 쏟아지던 날, 나무로 된 사람이 불어나고 솜으로 된 사람이 무거워지고 유리로 된 사람이 영롱해지는 동안 조용히 허물어지기 시작하는 사람 오래전 누군가 손바닥에 그려줬던 지도를 꺼내보는 사람

폴란드

탄산 같은 햇살 게으른 파도 형형색색으로 칠했지만 엇비슷한 빛깔로 바래가는 지붕들 고양이들은 배를 내놓고 잠들고 그림자를 쓰다듬던 여름마저 꾸벅거리는 섬 아이들은 마음껏 더럽고 노인들은 부끄럼 없이 더디고 왜 이곳에 왔는지 묻지 않지만 부은 발목과 젖은 머리칼에서, 화약 냄새와 불탄 소맷단에서 서로의 이력을 더듬는 나라 폴란드 손마디 굵은 사람들이 오렌지나무 아래 기타를 치고 선율과 함께 손금이 풀려나간다 둥치마다 밤이 기웃거린다 매달렸던 사람들 모두 내려와 춤추고 음표마다 사라지는 멍 자국들 차례로 켜지는 앵두전구들 크리스마스 같아, 속삭이지만 폴란드에선 어떤 날도 기리지 않고 내일의 계획을 물으면 어제처럼 웃곤 하지 착하게 굴지 않아도 아침은 머리맡에 놓인다 엽서는 온 나라를 돌고 돌아 느리게 도착하고 그즈음엔 모서리가 닳아 모든 말들은 둥글다 행인들은 목적이 없어 난생처음 제 속도로 걷고 너의 찢어진 주머니에서 굴러 나온 팥알들을 모두가 말없이 주워 손바닥에 얹어준다 신발 끈은 헐겁고 사람들은 너그러워 마치 한 번쯤 죽어본 것처럼

언데드

삶이 그를 엎지른 이후

계속 걸어야 했다
남은 조금이 출렁거려서

한 시절을 웅얼거리며
뉘앙스만 남은 몸들과 함께 걷다가

생각이 고파 뇌를 한 점
마음이 갈증 나 심장을 한 입

기억을 즙처럼 흘린다
회전목마 파자마 가족사진 케이크

밤이 와도 누힐 잠이 없어서
베고 잘 꿈도 없어서

남은 손가락으로 갈비뼈 안쪽을 더듬는다

썩은 사과 붕대 나방 골판지

그는 질질 끌고 있다
걸음도 엔딩도

살던 집 현관에 서서
빛바랜 아이 구두 한 켤레를 물끄러미 바라본다

왜 가져간 것보다
두고 간 게 더 슬플까

창궐하는 감정에
이빨을 하나씩 흘리며

두두

이 많은 다리로 어떻게 걷고 있지, 생각한 순간 한 걸음도 걷지 못하게 된 지네 이야기를 읽었습니다 나는 내 다리 숫자를 세어보다 내 머리가 두 개인 걸 알았습니다

부풀어 오르는 머리는 빌딩 유리창에 난반사되는 빛의 비늘을 밟고 하늘로 떠오르고 싶어 합니다 낮에는 화력발전소의 크림색 기침을 만지고 밤에는 도시의 빈 페이지마다 찍혀 있는 십자가 도장을 구경합니다 피뢰침을 잡고 서서 벼락을 받아 마실 때 부푸는 머리에 불이 들어옵니다 난기류를 타고 혼자 떠돌고 있는 은박 풍선을 끌어안으면 울컥 더 부풀어 오릅니다

기계 머리는 머리칼이 전부 사슬입니다 그 끝엔 닻이 달려 있고 자꾸만 아스팔트에 처박힙니다 눈꺼풀 없는 두 눈엔 커서가 깜박거립니다 무엇이든 서둘러 처리해야 합니다 숫자를 중얼거리느라 입술이 자주 마르고요 이따금 떨리는 손으로 휘발유 통을 열어 입 안에 털어 넣습니다

가끔 두 머리는 이어폰을 나눠 끼고 한 음악을 듣습니다 음악은 꼭 비명 같아요 이쪽 머리통에 매미를 흘려 넣으면 저쪽 머리통으로 사이렌이 쏟아져 내립니다 음악이 증폭될수록 부푸는 머리는 하늘 위로 떠오르고 싶어 하고 기계 머리는 바닥에 박히고 싶어 합니다 머리들은 감수성이 풍부합니다

이 많은 손가락으로 어떻게 쓰고 있지, 생각한 순간 한 글자도 쓰지 못하게 된 시인의 이야기를 쓰고 있습니다 나의 두 머리는 서로를 마주 보았습니다

물의 살

저수지의 밤
물을 밟고 선 사람들이
투망을 던지며 노래한다

소고기는 소의 살
물고기는 물의 살
어머니 그 푸른 살로
우리를 먹이소서

건져 올려지는 건 여자의 마디들

백골을 채운 거품들
입안을 메운 진흙들
나의 살이 흩어지네
나의 말이 흩어지네

나는 노래 대신 물에 입을 담그고

거기 몇 명이나 있어요?
그물을 찢어요 집으로 돌아가요

여기 우글대는 팔다리
엉켜드는 수초들
걸음은 미끄럽고 느리지만
우린 임박했어

사람들은 물의 살을 바른다
불룩한 그물을 끌고 간 자국들이
집집마다 이어진다

아버지 감사합니다
식탁을 채우는 탄내 나는 기도들

왜들 부르짖을까
조아릴 땐 아버지 아버지
약탈할 땐 어머니 어머니

나는 지붕 위로 기어 올라가
물안개 자욱한 저수지를 바라본다

새벽이 오고 있다
더한 것도 오고 있다

파랗게 끓고 있는 저수지
뿌연 팔다리들이 마을로 향하고 있다

파본

밤이 우리에게 버터 칠을 한다 큰 입으로 너와 나의 귀를 부드럽게 삼킨다 폭발하는 고요 속에 어둠의 섬모가 무성해진다 우리는 목소리가 탈색되어 즐겁게 후퇴한다 미끄러운 손가락으로 이야기를 넘겨짚는다 밤의 농담엔 뼈가 없다

밤은 정체를 덧칠한다 사람들은 우리를 찾다가 밤에 걸려 넘어진다 너와 나는 입술을 맞대고 암호를 공유한다 바, 하고 벌리고 암, 하며 가둔다 내일도 밤의 복판에서 만나자 단단히 약속하지만 흐르는 혀에는 좌표가 없다 우리의 약속은 언제나 불시

밤의 품에서 모든 윤곽은 곤죽이 된다 드디어 눈앞이 캄캄해지고 사이좋게 숨이 죽는다 검은 종이에 인쇄된 검은 글자들처럼 너와 나는 같은 페이지에서 느긋해진다 하얀 날이 우리를 도려내도 뭉뚝하게 웃는다

소설

십일월의 공기엔 푸른 이빨이 섞여 있지
나는 살을 감추며 버스를 기다리네

점퍼마다 새를 가둔 사람들
모여 서서 날개뼈를 웅크리고

"들었어?
오늘이 소설이라니"

문득 올려다보는
이마에 차가운 느낌표가 찍히네

나는 주머니 속에 구겨져 있던
손바닥 한 장을 하늘 아래 펼친다
내리는 것을 받아 적으려고

문법에서 탈주한
플롯에서 낙오한

0   20

하루는 무수하고 사람들은 숱해서
내가 바라는 건 내리는 것 내려버리는 것

노선도에서 신분증에서 핏줄에서 오늘이라는 소설에서

배경이 하얗게 살찔수록
길 위의 인물들 앙상해져가고

깃털 하나가
점퍼를 비집고 나와
눈송이에 섞이네

투명한 새가
투명한 파국을 향하네

우리의 노래는 이미

한밤중 기숙사에 불이 났다
너는 운동장에서 나를 기다리고 있었다

너의 차에 탔다
와줄 줄 몰랐어, 그 일은 계속하니, 아직도 구파발에 사니
많은 말을 삼키고
수동이는 요즘도 많이 짖니?

너는 대답이 없었고 창밖은
도시였다가 바다였다

여기는 강릉이구나 아니
제주도 곽지 해수욕장인가
마지막으로 같이 갔던 보홀일지도

거기서 우리는 선셋보트를 탔지 해를 앓는 건 수평선인
데 사람들이 울먹거렸어 너나없이 붉어지더라 너무 아름
다운 걸 보아버렸다는 생각에 나는 조금 무서웠어 그때 선

장이 흘러간 팝송을 틀어줬잖아 이거 전에 거기서 들은 그
거지? 너의 듬성한 문장에 나는 웃었지 전파가 닿지 않는
그 섬에서 우리는 그 노래 제목을 알아내려 애를 썼는데

너는 운전대를 놓고 나를 바라보고 있었다
단정했던 길이 피아노 건반처럼 갈라지고 있었다

그렇구나 우리의 노래는 이미 저물었구나

하얗고 까만 절벽들이 요동치고
사방이 열려버린 차로 수천 마리
황금색 개구리들이 쏟아지고 있었다
고막이 팽창하고 있었다

나 이제 그 노래 제목을 알아
사실은 수동이가 죽은 것도 알아

다급한 내 외침은 나에게만 들리는 것이었고

너의 표면에서 무수한 보풀들이 빛나고 있었다
사라지고 있었다

사방 기둥이 모두 불탄
이층침대에서 홀로
눈을 뜬 아침

춤

바람은 옥상에 널린 셔츠를 입고 추고 술은 길거리 취
객을 걸치고 추고 예배당 사람들은 용서받으려 추고 사무
실 사람들은 버티려 춘다 음악은 음악이라서 추고 불은 불
이라서 추고 횡단보도에서 마주친 헤어진 연인들의 눈빛
이 엉켜서 추고 어두운 방 고요히 누운 사람의 불면이 가
만히 춘다 모두가 춘다 음악이 들리면 추고 귀신이 들리면
추고 너나없이 삶이 들려 추고 삶이 떠나도 추던 가락으로
추고 접시 위엔 조각난 낙지가 추고 이게 춤이라고? 비난
하는 너의 입술이 춘다 머쓱해진 나의 혀가 입 안에서 추
고 시속 150km를 넘나드는 심야 택시 계기판이 추고 겁먹
은 나의 눈동자가 추고 좋아하는 사람과 하나의 군무가 되
고 싶지만 우스꽝스러운 몸짓밖에 되지 못하는 고독이 춘
다 차창에 비친 내 얼굴 위로 충혈된 도시의 눈빛들이 줄
이어 춘다

야간비행

나는 밤의 뒤를 밟고 있어 열여덟 시간째 야간비행 중이야 낮은 견디는 것이고 밤은 앓는 거라던 너의 말을 떠올린다 우리의 비행엔 목적지가 없대 승무원이 담요와 함께 건네준 비밀이야 모니터의 불빛에 옆 사람이 푸릇해진다 멍든 곳을 눌러보는 건 내 오래된 악취미 건드려 봐도 그는 미동이 없어 칭얼대던 앞자리 아이도 어느새 조용하다 엄마가 입에 넣어준 어둠을 착하게 잘 삼켰나 봐

'비상은 허공으로 추락하는 것, 추락은 내면으로 비상하는 것' 화장실에서 본 낙서야 간결해져야 비상할 수 있어 걷는 생물은 다리가 네 개, 여섯 개, 수십 개지만 새에겐 오직 날개 두 쪽뿐이지 나의 밤은 겹이 너무 많고 나의 글엔 인과가 너무 많고 이코노미 클래스엔 사람이 우글우글해 우리는 왜 싸다는 말 대신 경제적이라는 말을 쓸까 나의 글은 싸구려였지만 경제적인 적은 없었는데

날고 있을 땐 오히려 멈춰 있는 기분을 느껴 바퀴가 쿵지상에 닿고 나서야 실감되는 속도를 경험해봤니 어릴 땐

어둠 속에서 저수지를 향해 돌을 던지곤 했어 숨죽여 귀
기울이면 첨벙, 하는 소리가 들렸지 그 소리는 늘 음산했
지만 진짜 무서운 게 뭔지 아니 그건 아무 소리도 나지 않
았을 때야 돌처럼 고요한 이 비행은 추락하는 것일까 비상
하는 것일까 나는 지금 무한대의 흑야를 가로지르고 있어

미래의 효나

효나는 연말에 죽었다 교통사고였다 장례식장에서 나는 스무 살이 되었다 효나를 작년에 눕혀둔 채

죽은 사람은 모두 착하고 추억은 전부 미담이 된다 아이들이 천사 같은 효나를 이야기할 때 나는 입을 다물고

효나와의 마지막 대화를 떠올렸다 효나와 나는 크게 다퉜다 너 진짜 재수 없다 그래? 우리 다신 보지 말자

그 말은 하지 말걸 효나가 나에게 붙으면 어떡하지 나는 죽은 사람이 무서웠다 착한 효나야 내가 전부 다 잘못했어 미안해

동창들은 매년 같은 날 모인다 해가 갈수록 효나가 아닌 아파트와 주식을 기린다 효나는 언제나 작년이지만 우리는 내일 아마 살아 있을 테니까

새해를 맞는 카운트다운이 시작되고 사람들은 샴페인

처럼 바글거린다 이제 효나의 두 배를 산 나는 고백한다
있잖아 효나야

근데 그때 너도 잘못했어

따지고 싶으면 이야기하렴 열아홉의 목소리도 좋고 아
흔의 목소리도 좋아 커튼을 살랑여도 좋고 액자를 떨어뜨
려도 좋아

직선 위를 걷고 있다 생각했는데 사실은 크게 돌고 있
었던 걸까 열아홉에 두고 온 너에게 해마다 다가가는 기분
이 든다

나는 여전히 죽은 사람이 무섭다 하지만 네가 나를 계
속 무섭게 했으면 좋겠다 올해도 내년도 이 뚱뚱한 달력이
한 장도 안 남을 때까지

소굴

사실상 언니는 마녀였다

빗자루보다 엽총을 좋아했지만
고깔모자보다 선언문을 즐겨 썼지만

우리 방엔 서늘한 벽장이 있고 나는 늘 벽장이 무서웠
다 유령이 숨어 있을까 봐 하지만 언니는 말했지

바보야, 숨어 있는 것들보다 찾아내는 놈들이 더 무서워

언니가 한 개의 이유를 없애면 사람들은 세 개의 이유를
개발했다 죽은 듯 살겠다고 해도 누구도 기뻐하지 않았다

마녀를 갖춰야 보통이 완성되니까

어느 밤 기름 타는 냄새와 쇠붙이 끄는 소리 어서 벽장
에 숨자는 내 말에 언니는 픽 웃었지 무섭다며? 우리는 벽
장에 들어가 막다른 기도를 했다

앞은 됐고요 뒤나 열어주세요

사실은 불안해 벽장은 다 노크 없이 열잖아 하지만 믿어볼래 언니랑 내가 힘껏 밀면 벽장이 끝도 없이 길어질 거라고 누구도 모르는 골목이 열릴 거라고

거기선 맨발로 걸으며 불온한 노래를 부르자 우리가 지쳐도 음악은 지치지 않겠지 사방에 사람이 가득해 보이지만 괜찮아 모두 옷가지일 테니까

우리는 증명하는 데 질렸잖아 해가 들지 않아도 이곳은 따듯해 함께 누락된 괴짜들에게 더 이상 신분은 필요하지 않다

단체

색깔 없이 늘어서서 각을 맞춰 웃는다

대화하지 않는다 대답을 한다

깜빡 얼굴이 튀어나오면 수돗가로 가서 흘려보낸다

수챗구멍에 걸려 있는 표정들

매주 몇 명씩 이름이 불리고

박수와 함께 떠나 돌아오지 않는다

퉁퉁 붓는 목소리를 얌전히 삼키고

나쁜 생각 대신 좋은 착각을 한다

뜨거운 물로 씻고 있으면 안전한 곳에 있는 것 같아

담요 냄새를 맡으면 아직도 사랑받는 기분이 들어

늘어선 잠은 낡은 매트리스처럼 딱딱하고 무명 잠옷처럼 춥고

품이 빈 사람처럼 무릎을 안는다

기도하고 있으면 누군가 올 것만 같아

내 이름이 적힌 케이크를 들고

너무 늦어서 미안하다며

너의 유일을 이제야 깨달았다며

기울어진 밤

　나는 쏟아지고 있습니다. 기울어진 집의 기울어진 침대에 누워. 비뚜름한 커튼 사이로 보이는 빗금 같은 불빛들처럼, 이 도시에 간신히 매달려 있습니다. 경사진 눈빛들, 대화의 빗면들. 나는 자주 헛딛고 미끄러집니다. 똑바로 살라는 말을 듣습니다. 그런 날이면 침대에 엎드려 이탤릭체로 일기를 씁니다. 글자들이 흘러내려 바닥에 쌓입니다. 기우뚱한 머리에는 잠이 괴지 못하고 나는 몸을 숙여 마룻바닥에 널브러진 슬리퍼를 신습니다. 기울어진 사다리를 기어 올라가 무너지기 직전의 굴뚝을 짚고 서서 잔뜩 누운 건물들을 내려다봅니다. 사선으로 쏟아지는 달빛과 쓰러져가는 방에 누운 사람들의 비스듬한 잠들. 나는 양팔을 벌리고 기울어진 박공지붕 위를 반듯하게 걸어갑니다. 천천히 아래로 쏟아지듯이.

겹

　나는 말랑한 몸으로 태어나 작은 팔을 배냇저고리에 밀어 넣었다 일 년 후엔 그 위에 무지개 한복을 입고 이듬해엔 미키마우스 티셔츠를 입었다 교복을 덧입고 해마다 더 큰 교복을 껴입었다 우비도 입고 코트도 입었다 마침내 큼직한 졸업 가운까지 걸친 나는 모든 옷가지를 쥐색 재킷 아래 밀어 넣고 매끈한 가죽 가방을 들었다 까불던 팔다리는 옷에 눌려 점잖아졌다 여전히 애들처럼 지껄였지만 옷들을 뚫고 새 나오는 목소리는 짐짓 어른스러웠다 낮에는 한결같은 자세로 일했다 어쩌다 몸을 비틀면 어딘가 터지는 소리가 나 어깨가 움츠러들었다 밤이면 둔중한 몸으로 누웠다 오래전 호주머니에 넣어둔 빨간 팽이가 떠올라 팔을 뻗어봤지만 닿지 않았다 주말엔 애인과 강변을 걸었다 손을 잡고 싶어도 소매만 겨우 스쳤다 아무리 헤집어도 서로의 바깥이었다 나는 술 취해 귀가하는 일이 잦았고 간신히 몸을 숙여 구두를 벗다 현관 앞에 나동그라지곤 했다 그럴 때마다 여러 겹 아래 숨죽이고 있던 작은 아이가 미끄러지듯 빠져나와 엉엉 울었다 타일 바닥 위에서

민들레 병원

아가 넌 누구니?
할머니 호박죽 마저 드세요
막내 줄란다 요만한 애 못 봤니?
아빠 출장 갔어요
다른 애들은? 내가 죄다 어디에 흘렸을까?

할머니는 배 속이 사철 겨울이었다고 했어요 너무 추워서 뜨거운 걸 곧잘 품었다고 했어요 사람을 일곱이나 낳았어요 작은 벽돌집을 지어 바람을 막았고 살아남은 다섯을 먹였어요 하루하루를 문지르느라 지문은 엷어지고 끼니 앞에 조아리느라 허리는 굽어갔어요 꼬투리에서 여문 콩알이 떨어지듯 하나둘 집을 떠났어요 그제야 글을 배웠지만 책의 글자들은 너무 작아져 있었어요 텔레비전 자막은 너무 빨리 사라졌어요 종일 화투 패로 일진을 점쳤지만 할머니의 운세는 총천연색 앞면보다 밋밋한 뒷면이었어요 낡은 새시엔 바람이 새기 시작했고 할머니는 성글어지기 시작했어요 하나둘 흘리기 시작했어요

아가 천 원만 줄래? 나 갈 데가 있다
할머니 그 집은 이미 헐렸어요
아가 오백 원, 아니 백 원만 줄래?
할머니는 못가요 올이 점점 풀려요
괜찮다 낡으면 원래 보풀이 많아진단다

잘 개켜진 할머니가 동그랗게 잠이 든다
나는 할머니의 한 올을 잡고
긴 복도를 걷는다

김*순
조*희
이*진

모두의 이름에 별이 있다
점점 커지는 구멍이 있다

엘리제를 위하여

가벽으로 둘러싸인 좁은 연습실에 피아노가 있었다 반짝이고 웃음이 많아 사랑하기 충분했다 흰 건반은 병원 나는 아플 때마다 보리차와 음표 몇 알을 삼켰다 검은 건반은 교회 피아노는 까만 죄들을 이빨 틈에 숨겨줬다

어루만질 때마다 수십 개의 현이 진동했다 손가락들은 산호처럼 무성해져 난류에 일렁거렸다 음표들의 지느러미가 살을 간질였다

우린 제법 말이 통했다 너에게선 나무 냄새가 나 물론이지 모든 피아노는 숲에서 왔는걸 나는 난시라 달이 두 개로 보여 그것참 근사한 일이네 '엘리제를 위하여'는 칠 때마다 눈물이 나 당연하지 누군가를 위하는 노래니까 너도 슬플 때가 있니? 뚜껑을 열어봐 전부 녹이야 우리는 오선지의 끝에서 잡담을 멈추곤 했다 각자의 칸으로 돌아갈 시간이었다

연습실을 나서는데 피아노가 말했다 숲에 뜬 달이 보고

싶어 두 개면 더 좋겠지 그 목소리는 제일 끝 건반처럼 나지막해서

자정에 성냥을 들고 연습실에 숨어들었다 악보에 불을 붙이자 연기와 함께 스프링클러가 터졌다 물은 좁은 방에서 금세 부풀었다 나는 피아노를 붙들고 떠올랐다 엘리제, 널 위해 왔어! 나의 외침에 피아노가 웃었다 사랑하기 충분했다 가짜들이 아우성치며 무너지기 시작했다 우리가 흘러넘칠 시간이었다 계이름 바깥의 멜로디가 되어

여름 재미

여름밤은 무성하고
눈알이 많다

차 한 대가 지나가면
까맣게 흐르는
벽의 진저리

깜빡 빼놓은 의자에는
모르는 동생이 앉아 있다

빨간 볼펜으로
가족의 이름을 쓰다가

부러진 빗으로
기둥을 빗는다
집이 와르르 쏟아진다

방에서 우산을 펴면

축축한 사람이 옆에 서 있고

젖은 휘파람을 타고 온
뱀들이 발목을 감는다

신발장에 거꾸로 매달린
가위가 잘게 잘라낸

여름밤을 질겅인다
징그럽게 즐겁게

죄와 뼈

좌대 낚시터에서 밤을 새우며 나는 죽은 자의 동공 같은 저수지를 바라보고 있었다 어느 순간 물이 소리도 없이 형광 찌를 집어삼켰고 낚싯대에서 심상치 않은 떨림이 전해져왔다 한참 만에 끌려 올라온 건 팔뚝만 한 새끼 인어였다 그것은 흙바닥에 늘어진 채 여린 숨을 몰아쉬고 있었다 치어는 방생하는 게 원칙이었지만 조과가 형편없었던 나는 이놈이라도 건져야겠다 싶어 그대로 살림망에 넣었다 한 시간 뒤 망을 열어보니 인어는 죽은 채 물 위로 떠올라 있었다 은밀한 어둠 속에서 주머니칼로 인어를 손질해 석쇠에 구웠다 장어와 비슷한데 덜 기름지군, 중얼거리며 깨끗이 먹어치웠다

다음 날부터 가슴에 뭔가 걸린 듯 거북한 기분이 이어졌다 급기야는 찌르는 듯 아파 물조차 넘기기 힘들어졌다 며칠 만에 병원을 찾았다 상부 식도에 천공이 생긴 모양이군요 근래 잔뼈 많은 음식을 드셨습니까? 네, 생선 비슷한 걸… 의사는 내시경을 권했다 화면 속 선홍색 내장들을 바라보던 그가 말했다 이거 이상하군요 모로 누워 캑캑거리

던 내가 그를 빤히 바라봤다 가시를 찾긴 했는데 너무 단단히 박혀 있네요 박힌 정도가 아니라 이미 당신의 뼈가 된 것 같습니다 의학적으로 가능한 일이냐고 묻고 싶었지만 내시경 카메라를 입에 문 나는 말없이 침만 흘렸다

그날 밤이었다 자려고 누우니 방이 습하고 싸늘해졌다 한기에 이불을 끌어당기니 이불마저 차고 눅눅했다 저수지의 물안개가 여기까지 따라온 것일까? 등 뒤가 섬뜩하여 자꾸 돌아누웠다 그때마다 가슴 복판의 가시가 출렁이는 의식을 찌르는 듯했다 나는 간신히 무의식으로 가라앉았다 진득한 꿈의 심연에 도사린 수초들이 발목에 엉켰다 허우적대는 내게 인어들이 다가와 속삭였다 밤은 끝없이 너를 추적할 것이다 어둠은 너를 주시할 것이다 뼈는 계속 자라나 마침내 너를 뚫고 나올 것이다 웃기지 말라고 외치고 싶었지만 입 안이 뭔가로 가득 차 목소리가 나오지 않았다 나는 등허리가 축축해진 채 잠에서 깼다 화장실 거울 앞에서 입을 벌리니 창백한 뼈가 보였다 그것은 벌써 자라나 내 목구멍을 채우고 있었다

뱀기차

나는 무한대의 기차를 탔는데 '맨 끝 칸에서 만나자' 쪽지를 받고는 끝없는 복도를 걷고 또 걸었는데 왼편엔 침대 칸이 즐비했고 자주색 비로드 커튼 사이로 날름대는 시선이 느껴져 걸음을 재촉했는데 열차의 연결통로에서 싸구려 보드카를 홀짝이던 광대를 만났는데 그는 입에서 무한대의 스카프를 꺼내기 시작했는데 나는 엉켜드는 색색의 천 조각을 떨치고 계속 걷기 시작했는데 나와 반대 방향으로 걷고 있는 승무원을 만났는데 군청색 유니폼은 빛이 다 바랬고 얼굴엔 은빛 수염이 가득했는데 얼마나 더 가면 될까요 나의 질문에 그는 자신도 평생 기관실을 향해 걷고 있다고 한숨 쉬었는데 그와 헤어져 식당 칸에 다다랐는데 모든 자리는 꽉 차 있었고 오른편에는 검은 베일을 쓴 여자와 칭얼대는 아이가 있었는데 그 애에게 책을 읽어주면 앉게 해주겠다는 여자의 제안에 푹신한 의자에 엉덩이를 붙이고 말았는데 그가 내민 책의 제목은 '뱀과의 이별'이었는데 '무한대의 뱀과 헤어졌습니다. 뱀이 눈앞에서 돌아섰습니다. 뒷모습, 뒷모습, 뒷모습, 뒷모습…' 책은 무한대의 페이지를 자랑했는데 결국 목이 쉬어버린 내가 책 너

머로 흘끗 보니 아이의 눈이 뱀처럼 빛나고 있었는데 기차
는 무한대의 터널에 진입했고 나는 벌떡 일어나 도망치기
시작했는데 차갑고 축축한 것이 다리를 휘감아 나동그라
지고 말았는데 소스라쳐 눈을 떠보니 모두 꿈이었고 나는
하얀 시트 위에 고요히 누워 있었는데 내 몸은 규칙적으로
흔들렸고 저편 자주색 비로드 커튼도 가볍게 흔들리고 있
었는데 커튼 사이로 누군가 빠르게 지나가며 나와 눈이 마
주쳤는데

룰라바이

젖은 소매로 잠자리에 들면
소매는 너를 끌고 물가로 가지

물은 목마른 모가지를 겸손하게 해
순록과 눈표범 사이에 엎드린 너는

급히 목을 축이다
얹혀있던 하루를 게워내네
다가가 가만가만 너의 등을 두드린다

죄다 놓쳐 헐렁해진 몸으로 걷자
발가락 사이로 식은 모래가 파고드네

모닥불 앞에서 유목민들 노래한다
밤의 뱃속에서 우리는 형제
함께 밤의 눈꺼풀 안으로 어금니 뒤로

사람들은 왜 동물의 소리를

울음이라고 할까
늑대는 저렇게 웃고 있는데

내일이 범람하기 전
검은 기차에 올라타
유리창에 이마를 기대렴

총으로 하늘을 쏠게
기차가 놀라 달아나도록

돌아보지 않고 떠나가겠지
사냥꾼이 놓아준 짐승처럼

감사도 원망도 없이
배후를 폭발시키며

등장인물

이 만화의 배경은 겨울이다

눈의 어금니가
함께 걷는 두 인물의 뒤꿈치를 깨문다

나란한 어깨 위로 떠오르는 말의 풍선들
서로를 튕겨내며 아득해진다

대화처럼 보이는 대사들

한때 그들은 제스처가 풍부했지
손끝에서 태어난 뜨거운 새들

새들은 부리를 부딪치며 날개를 섞었고
깃털은 속눈썹에 내려앉았지

지금 둘의 주머니는 딱딱한 새들로 볼록하고

그들은 이십칠 년째 어린이인 인물을 이야기한다 이십
칠 년째 변함없는 키와 순정 그것은 연재만화니까 가능한 일

지루한 거리에 눈사람이 하나둘 등장한다

계절이 바뀌면
순정을 잃겠지 바닥을 흐르겠지

전혀 다른 얼굴을 할 것이다
눈이어서가 아니라
사람이어서

빙하기

우리는 심장을 공유하는 하나의 반죽이었다

다정한 피가 너를 한 바퀴 돌아 나를 이어 달리곤 했다

팔이 발생하자 서로를 안았다 최초의 포옹은 타인을 안
는 동시에 자신을 안는 것이었다

갓 꺼낸 다리로 해변을 걸었다 발목에 감겨드는 물빛
레이스들

엉킨 발자국들에겐 주어가 필요하지 않았는데

한 덩이는 문득 이름을 갖고 싶었다 불러주고 불리고
싶었다

소망은 단단한 머리를 싹틔웠다

마침내 나를 응시하는 너의 눈, 그 눈썹에 내려앉은 차

가운 먼지 구름의 재

모든 물이 딱딱해지고 있었다 혈관들이 얼어붙고 있었다

마침내 나를 발음하려는 너의 혀가 굳는다

네가 멎는 순간 나도 멎겠지 우리는 서로의 끝을 볼 수 없으니 열린 결말

귓속말이 성에가 되어 내려앉고 느리게 피가 돌던 귓불이 굳고

유리 날개를 단 잠자리들이 우수수 떨어질 때

우리는 서로의 계절을 가둔 빙하가 된다

태주의 무덤

태주는 둥글다 이불을 덮어쓰고 웅크리고 있다 태주는 커다란 주먹 엿볼 수 없는 속을 감아쥐고 있다 손잡이도 없고 근황도 없다 나는 태주를 두고 출근을 한다 승강기 2호선 회전문 제법 흐름을 잘 타서 월급도 받고 나이도 먹는다 태주의 얼굴은 희미하지만 퇴근하면 둥그런 태주가 있어 안심이 된다 태주야 아직 그 안에 있지? 태주에게 기대 텔레비전을 본다 먼 나라의 아이가 기아로 죽어간다 태주야 타인의 고통은 말이야 나는 채널을 돌린다 정면으로 봐도 훔쳐보는 것 같아 태주가 잠깐 흔들린다 태주의 묵묵함이 아무리 막막해도 들추지 않는다 태주야 넌 평생에 걸쳐 낫고 있는 중인 거지? 태주가 들썩인다 네가 다 나은 걸 너만 알아도 그건 그거대로 의미가 있는 거지? 태주가 소리 없이 부푼다 엎드린 등은 전부 무덤 같다 나는 봉분의 잔디를 쓰다듬는 사람처럼 태주의 바깥을 쓸어본다

미미레레

　미미레레 이것은 침대 밑에 도사린 검은 악어를 잠재우는 자장가 이불 밖 손발을 노리는 이빨에 먹이처럼 던지는 멜로디 입술을 두 번 부딪치고 혀를 두 번 굴려 가칠한 내면에 바르는 향유 듣고 싶지 않은 목소리들이 밀려들 때 나는 무릎 사이에 귀를 밀어 넣고 미미레레 미미레레 주문을 외우지 내 심장엔 진격을 외치는 병정과 대관람차를 사랑하는 소년이 사는데 아이가 병정에게 얻어터지고 담요 귀퉁이를 빨며 울음을 참을 때 반창고처럼 붙여주는 미미레레 나는 오늘의 재를 삼키며 목이 멜 때마다 미미레레 미미레레 물기를 모은다 고운 모래 같은 기억들 꽉 움켜쥔 주먹을 휘두르며 걷다 보면 손금에 반짝이는 몇 알의 미미레레 깊은 밤 전등을 끄고 이부자리로 돌아오는 서너 걸음 사이 몸의 구멍마다 밀려드는 미미레레 의미에 체한 언어들 사이를 째고 들어가 야릇한 균열을 내는 신음이자 벼락에 타버린 라디오가 감지한 비밀 주파수 내 목구멍 속에서 자유로이 헤엄치다 입 밖에 나오는 순간 지느러미부터 타오르며 재가 되어 사라지는 물고기 미미레레 미미레레

대잔치

우리는 하나의 구령입니다
멀리서 보면 아름답습니다

다리를 묶고 달립니다
서로를 원망하는
찢어진 몸들이 쓰러집니다

공 하나를 쫓아
몰려다니는 욕설들

선 밖으로 날아가는 건
누군가의 발목입니다

하늘을 향해 주머니를 던집니다
치아들이 가득합니다
우리는 발음이 새기 시작합니다

총성에 고막이 지워집니다

함성에 귓바퀴가 지워집니다

말할 수도, 들을 수도 없는 사이
배턴을 든 주자가 다가옵니다
귀신처럼 커져갑니다

묵시

문득 울린다 앉아도 울리고 일어서도 울린다 찻잔이 떨리고 공기의 날이 서고 창가에 나부끼던 오후가 찢어져버린다 울림은 전염되고 온 벽에 칠갑되고 흔들리는 손으로 현관문을 여니 서늘한 복도가 울리며 확산되고 거리로 나서니 더 크게 울리고 어지럽게 때리고 벌어진 게 확실한데 쏟아질 게 분명한데 이렇게 울리는데 울게 만드는데 세탁소 앞엔 흰 셔츠들 말라가고 하교하는 아이는 슬러시를 빨아 먹고 산책하는 개들은 냄새 맡고 미소 짓고 이 모든 평화는 울리는 가운데

귀를 막아도 박동하는데
웅크려도 폭격하는데

다들 안 들리나 계속 울리고 있는 게

내가 중얼대자 개가 산책을 멈추고 가로수가 속삭임을 멈추고 거리가 번화함을 멈추고 계절이 분위기를 멈추고 당구공처럼 나에게 굴러오는 빨갛고 파란 눈동자들

누군가 울기 직전의 표정으로 속삭인다 쉿, 제발 좀 닥치라고

윤회

짐승은 걷는 법을 잊지 않고 태어난다
사람은 쥐는 법을 잊지 않고 태어난다

작은 주먹마다 운명을 쥐고
버거워 운다

그의 얼굴엔 점점
고통을 힘준 흔적
세월을 힘준 흔적

사과는 빨강에 힘주고 개는 꼬리에 힘주고 창문은 풍경
에 힘주고 여름은 능소화에 힘주고

요가 매트 위에
후두둑 떨어지는 땀방울들

나는 온 힘을 다해도

자세부터 틀렸고
자꾸만 미끄러지고

엎드려 떠는 머리 위로
목소리가 내려온다

힘주지 마세요
다리에도 이마에도 손아귀에도

다음은 사바아사나,
송장의 자세입니다

미래 소녀

선생님이 종례한다 애들은 벌써 가방을 메고 있다 모두가 떠난 교실에서 마지막 아이가 물었다 너는 안 가니

나는 결정하지 못했거든

텅 빈 교실에 어항 여과기 돌아가는 소리만 들린다 주번인 내가 가장 먼저 등교한 날 툭눈붕어 한 마리가 바닥에 떨어져 죽어 있었다 선생님 붕어도 자살을 하나요? 아니다 얘는 있을 곳을 착각한 거야 선생님은 어항에 뚜껑을 달았다

너무 늦기 전에 가야 한다던데
가고 싶어질 땐 이미 틀렸다는데

낮은 앞서 가버렸다 마루가 삐걱거리고 손전등 불빛이 다가온다 문틈에서 들리는 나지막한 목소리 과학실에 가지 마라 포르말린 안에 썩지 않는 시선들이 있다 음악실에 가지 마라 돌림노래에 휘말리면 갇혀버린다 무섭지 않니

너는 어서 있을 곳으로 가라

나는 아직 결정하지 못했는데요

싫어하는 반찬을 먹을 땐 코를 막곤 했다 원하지 않는
마음을 먹을 땐 무엇을 막아야 할까 나는 그저 결정하고
싶었을 뿐인데 내일 아침 주번은 교실 바닥에 누운 나를
발견하게 될까 선생님은 말하겠지 얘는 있을 곳을 착각한
거야

이를 악물고 교실을 나와 복도를 걸을 때 알았다 간유
리 너머 얼굴 얼굴들 결정하지 못한 애들이 교실마다 많았
다 그것이 결정인 애들도 있었다

세도나

무릎을 빛내며 공을 차는 들판의 세도나 시계탑을 기어 올라가 제일 먼저 종을 치곤 했지 남자애들보다 빠르게 그 때마다 하늘에선 금화가 쏟아졌어 토마토를 베어 물고 흘러내린 즙을 반바지에 문지르는 세도나 국자보다 단단한 주먹

세도나 너는 두더지의 영웅 올무에 걸려 빛에 질식해가는 두더지를 어둠에게 돌려줬지 잉크에 잉크를 떨군 듯 사라지던 작은 점 과수원에 구멍이 늘어갈수록 우린 킥킥 웃었어 너는 달이 삭은 밤 나를 구멍으로 이끌었다 희끗한 뿌리들이 떠 있고 별자리처럼 빛나던 뱀의 알들

줄 서서 주사를 맞을 때도 너만 눈을 감지 않았지 세상엔 시계탑보다 뾰족한 게 많고 달리기를 좋아하던 넌 무릎이 깨져도 웃었지만 난 네 상처에 쐐기풀을 발라주곤 했어 시간에는 구덩이가 많고 낯선 얼굴이 줄이어 머리를 내민다 구겨진 망치에선 익살스러운 소리가 나 네 웃음처럼

나는 늘 생각만 많고 여럿이 밤길을 걸을 때 맨 앞도 맨 뒤도 무서운 사람 그래도 너를 생각하면 가슴에서 금화 몇 닢이 굴러 나오고 등에 조금 힘이 들어간다 스튜라고 발음하면 입에서 김이 나는 것처럼 너도 나를 발음하며 조금은 따듯해지길 나의 세도나

태주의 무덤

달팽이가 죽으면 패각만 남는다는 사실을 아니? 세상
엔 증발하는 생애도 있다

태주가 중얼대며 나선계단을 내려간다 스크루처럼 어
둠의 배 속을 파고든다

나는 캔버스의 얼룩 많은 덧칠이 필요했지

한쪽 날개가 찢어진 벌레는 흙바닥을 빙글빙글 돌지 죽
음의 지문은 나선형이지

멀리서 보면 느긋이 선 사람도 사실은 소용돌이에 발이
묶여 있지만

모두에겐 각자의 나선이 있고 겹치는 일은 없다 그것이
세계의 알리바이

태주는 정오의 빌딩 숲을 걷는 꿈을 꾼다 수천 장 유리

창에서 쏟아진 빛의 함성에 연체를 베인다

피 묻은 빛 조각을 쥐고 꿈에서 걸어 나와 벽을 그으며 기어간다 점액질 얼룩을 남기며

사람이 죽으면 소용돌이만 남는다는 사실을 아니? 그래서 모든 무덤은 나선형이다

어둠이 태주를 덧칠한다 나선이 깊어지고

태주가 전력으로 뒤처진다

카니발

유령과 괴물의 행렬 속에서도
우산 속은 섬세한
우리들의 서커스

손가락을 뻗으면
손톱 끝마다 무당벌레 날아가네
태양이 조련하는 황금 벼룩들 사이로

나는 집까지의 거리가 아닌
너와의 거리만을 생각하지

담배 연기가 닿으면 가까운 거리
손거울에 반사된 햇볕이 닿으면 가까운 거리
약속을 기억하면 가까운 거리

빗방울을 튕기며 우리를 밀치고 지나가는
정치인들 악당들 흡혈귀들 좀비들 살인마들 시체들

얼굴을 덮어쓴 얼굴들이
우리를 비집고 들어오려 한다

햇볕에 말린 손으로 네 뺨을 감싸줄게
네 얼굴이 증발하도록
서커스의 마술이 계속되도록

거리가 주인공들로 넘쳐서
우리는 점점 더 흐릿해지네

괜찮아 우산을 든 손만 남겨둔다면
모두들 우리가 있는 줄 알지

원근

절벽 끝의 그네 거기에
앉은 너를 밀고 있다

너머가 궁금하다는
너의 천진한 등을
내 두 손이 지지한다

너머엔 무엇이 있니 이마를 짚는 바람의 온도와 목덜미
에 감기는 구름의 습도를 느꼈니 여름마다 깜빡 미치는 사
람들과 겨울마다 서툴게 죽는 사람들을 보았니 너는 지금
너머의 표정을 하고 있니 밀어주는 사람은 앞사람의 얼굴
을 볼 수가 없구나 손에 감기는 무게를 믿을 뿐

네가 뒷모습을 반복할수록
그네가 점점 길어지고

너의 등이 뒤바뀐다
익숙한 감촉의 스웨터가

이국의 의상으로
젖은 우비로
단체복으로

그네가 길어질수록 너는
더디게 돌아오고

너를 지지할수록 너를
놓쳐버리는 나는

마침내 텅 빈 그네를 밀고 있다

너머를 모르는
절벽의 표정이 되어

숱한 새

숱한 노래가 내 얘기 같은 건
사랑이 대유행이라서

모두가 사랑을 하는 건
영원이 대유행이라서

유행은 빠르고
나의 유행은 거리에서 흩어진다

저기 비 맞은 택배 상자처럼
뚜벅뚜벅 걸어가는 새처럼
영원한 사랑처럼

새는 텅 비어 있고
눈에는 온도가 없고

잘 잊는 게
새들의 유행이다

점심을 먹을 때는 누구도
아침을 추억하지 않듯이

마지막에 마시는 물 한 잔으로
지나간 모든 맛을 지워내듯이

눈꽃과 불꽃

나는 도로 복판에 엎드려 있다

눈보라가 내장을 빗는다
웅크릴수록 너에게 다다른다

너와 나는 같은 불을 삼켰지
입 맞출 때마다 이어지던 불의 고리

내가 붉게 벅차오르는 동안 너는
목탄으로 숲을 그리기 시작했다
불탄 나무로 그리는 살아 있는 나무들

숲을 찾아 나선 너는 돌아오지 않았다
나는 사랑의 멸종이 아닌
숲의 멸종을 확인해야 했다

어떤 마을엔 새는 지붕들만 있었다 쇠락한 마음이 자꾸
젖었다 어떤 도시엔 모서리만 가득했다 쓰라려 기댈 수가

없었다 어디를 가도 탄내가 났다 가슴을 열어보고서야 알
았다 아직 여기에 불꽃이 있었어 마지막 꽃잎 하나가

　　루비 한 알만 들어 있어도
　　썩은 상자가 보석함이 되는 기적

　　나는 몸을 닫고 숨을 잠근다

　　하얀 연기 하얀 벌판 하얀 소용돌이 하늘을 뒤덮는 하
얀 나방들

　　기억의 분 흩날리고
　　도시가 뒤덮인다

　　나의 잿더미

복선

　너는 어느 작은 영화관 옥상에서 열린다는 상영회를 이야기한다 여름밤을 하얗게 도려내는 스크린에 대해 쥘 수도 없이 차갑다가 흥건해지는 맥주에 대해 언제? 나의 질문에 너는 다음에, 하고 웃는다 너의 다음은 이국적이고 시차가 있다 다음은 코코넛 밀크가 듬뿍 든 카레 초승달 모양 작은 섬 너의 아름다운 호외에 나의 거리가 숨을 죽인다 언제? 너는 다음에, 하고 꿈처럼 된다 내가 불길해할수록 너는 황홀해진다 너의 다음은 해변의 불꽃놀이 느리게 돌아가는 빛의 스프링클러 은은히 감도는 화약 냄새 너는 끝없는 여름을 발행한다 구겨진 매미들이 골목에 나뒹구는데 계절은 이제 껍질만 남았는데 어떤 나라에선 다음이 없길 기원하며 망자의 눈꺼풀에 돌을 얹어 묻는대 나의 말에 네가 두 눈을 빛낸다 지금이 한 뼘 캄캄해진다

잎새의 온도

뱀이 사라졌어. 잎새가 말했다. 찬장의 뱀술 단지에서 흰 뱀 한 마리가 감쪽같이 사라졌어. 나는 그녀를 멈추고 몸을 움츠렸다. 잎새가 내 어깨를 감싸며 웃었다. 야, 취한 뱀이 뭐가 무섭냐? 다음날 교실에서 잎새가 속삭였다. 뱀이 내 방에 숨었나 봐. 자고 일어나니 잎새의 옷가지들이 흩어져있고 은은한 수박 향이 감돌았다고 했다. 벌레라도 잡아다 둬보자. 우리는 밤의 교정을 뒤졌다. 귀뚜라미들은 소리 높여 울다가도 내가 다가서면 숨을 죽였다. 문득 고개를 드니 잎새가 없었다. 잎새야, 잎새야. 잎새는 수돗가에서 뭔가를 헹구고 있었다. 나는 겁먹지 않은 척 떠들며 다가갔다. 알아? 우리 학교 원래 묘지였대. 그래? 어쩐지. 잎새는 축축한 뭔가를 주머니에 쑥 넣었다.

뱀 찾았어? 어느 날 내가 물었다. 잎새는 부쩍 대답을 놓치는 일이 많았다. 빈 손바닥을 바라보던 잎새가 말했다. 날마다 놓쳐. 끌어안고 보면 죄다 허물이야. 잎새는 그리운 듯 말했다. 나는 돌을 집어 철봉 너머로 던졌다. 완전 홀렸구나. 잎새는 조용히 웃었다. 추워질수록 잎새는 잠이 많아졌다. 나는 양호실에 누운 잎새를 깨우러 가곤 했다. 하얀 시트 위에 놓인 잎새의 손목을 가만히 잡아 보았다. 서늘하고 미끈거렸다. 잎새가 맞나? 얼굴을 보려고 고개를 돌렸는데 잎새가 나를 바라보고 있었다. 허물만 남은 눈빛으로. 11월이 되자 잎새는 학교에 나오지 않았다. 잎새는 잎새를 놓치고 있었다. 바람이 빈 그네를 밀었다.

무작정 잎새를 찾아갔다. 텅 빈 집에 뱀 허물이 가득했다. 방문을 여니 하얀 뱀 한 마리가 침대를 채우고 있었다. 이 징그러운 뱀, 결국 잎새를 삼켰구나! 나의 외침에 뱀이 말했다. 아니야, 나 잎새야. 까만 입술에서 흘러나오는 건 잎새의 목소리였다. 사실 그때 내가 뱀을 삼켰나 봐. 한 모금만 맛본다는 게. 잎새는 쑥스러워하며 이불로 파고들었다. 밤새 기어 다닌 건 내 나였고, 놓친 꼬리도 전부 나였어. 머리밖에 숨지 못하는 잎새 때문에 웃음이 나왔다. 조심스레 잎새를 만져봤다. 타일처럼 차갑고 실크처럼 부드러웠다. 잎새가 나에게 감겨들었다. 목덜미에 번지는 은은한 소름에 몸에 힘이 들어갔다. 너 심장에 귀뚜라미가 있구나? 잎새가 말했다. 뱀은 주변 온도에 따라 체온을 바꾼대. 나는 쑥스러워 딴소리를 했다. 다시 잎새와 길고 구불구불한 비밀을 만들 수 있어 기뻤다. 너 따뜻하다. 응, 너도.

취급

한 마리의 가죽을 기른다
잘 먹이고 씻기고 재운다

가죽은 헛짖음이 많고 자주 떤다
기억나지 않는 몸이 춥다

함께 산책을 하면 앞서 걷다가도 한 번씩 돌아본다
나는 목줄을 쥔 손을 흔들어 보여준다

행인들은 함부로 손을 댄다
얄팍하네 낡았네 싸구려네
주인을 유령 취급한다

가끔씩 깊은 밤 호수공원에 간다
목줄을 풀어주면 가죽은 눈치를 보다
달리기 시작한다

속도가 붙고 팽팽해지고 윤기가 돌고 수면 위를 달리며

달빛을 찢는다
  부풀고 나부끼느라 불러도 들은 체도 안 한다

  뭐야 가죽 주제에
  중얼대며 호수를 바라본 순간
  아찔한 헛것을 보았다 마주칠 눈알조차 없었다

  엎드려 흔들리는 헛것에게 가죽이 걸어온다
  목줄을 치켜들고 보여주며

  그렇지 얄팍하지 낡았지 싸구려지

  헛것이 헛것을 입는다
  가죽이 가죽을 여민다

신앙고백

고자질 당했다

쟤는 자꾸 기도 시간에 눈을 떠요
남의 기도 자락을 들추며 희번덕거려요
은총이 새나갈까 봐 모두가 몸을 잠글 때
덧니를 핥으며 불경한 입 모양을 해요
혓바닥이 풍선껌이에요
즙이 많은 상상을 부풀렸다 터뜨려요
모두가 눈꺼풀 안쪽
어둠의 모자이크를 더듬으며
거룩함이 떠오르길 기다리는데
침묵 가운데 계시의
잔털이라도 스치길 고대하는데
쟤 혼자 면도칼처럼
눈동자를 벼리고 있어요

그러는 너는 왜 나만
쳐다보고 있었니?

물어보고 싶었지만

개는 상을 받았고
위 단계로 올라갔다

절실한 고백이었다
내가 개의 신앙이었다

외출

구두가 현관을 나선다
햇살이 골목을 나선다

소매가 흘러나온 헌 옷 수거함과
주먹을 핥는 고양이의 혀
잔뜩 부푼 목련들

버스는 풍경을 확산한다
차창은 이마를 수렴한다

개업하는 제과점과
허우적거리는 풍선 인형과
돌아오지 않는 사람을 찾는 현수막

가스 불을 켜둔 채로 사라졌다니

나는 집의 안부를 생각하며
열쇠를 만지작거린다

버스가 병원에서 멈추고
늘어선 문들 사이를 걷는데

침대가 병실을 나선다
통곡이 복도를 나선다

불도 끄지 않고
열쇠도 지니지 않고

사람이 부푼 몸을 나선다
계절이 목련을 나선다

문도 닫지 않고
마음도 지니지 않고

부록

시의 사람들

시를 좋아한다. 시를 좋아하는 사람들을 좋아한다. 좋아함에 겨워 저마다의 시를 발명해낸 사람들을 좋아한다. 다들 지상에 발붙이고 착실함을 가장하며 살아도 자세히 보면 1cm쯤 발이 떨어져 있는 사람들. 짐짓 또렷한 눈빛을 선보여도 그 초점이 여기가 아닌 너머를 향하는 사람들. 생의 전반에 묘하게 시큰둥한 태도를 보이지만 문학을, 시를 이야기할 때만 존재가 매무새를 가다듬고 또렷해지는 사람들.

그들을 처음 만난 건 난생 처음 '시 수업'이라는 것을 들으러 서울 마포구 모처에 갔을 때였다. 이 세상에 시를 가르치는 단체가 있고, 배우려는 사람들이 있고, 심지어 강의실이 만석임에 놀랐다. 솔직히 내가 기대했던 건 백화점 문화센터 같은 수업이었다. 1강은 연과 행, 2강은 비유와 상징… 하는 식의 친절한 강의를 기대하고 새 노트까지 사갔다. 그런 내가 마주한 건 첫날부터 몰아치는 합평 수업이었다. 저마다 USB에 담아온 시를 일어서서 낭독하고(자작시를 낭독하는 모임이라니 이미 기가 막혔다.) 서로의 시에 대해 한마디씩 감상을 말해야 했다.

이육사, 윤동주 이후 십수 년 만에 시라는 것을 읽은 나는 입이 떡 벌어졌다. 하지만 선생님이 말을 시킬까 봐 그 입을 두 손으로 틀어막았다. 휘청대는 정신줄로 귀가했던 그날의 솔직한 소감은 '이렇게 진지하게 뜬구름 잡는 소리를 하는 사람들이 있다니'였다. 약속이나 한 듯 모두가 각양각색으로 쏟아내는 어룽어룽한 이미지 덩어리에 손을 집어넣고 한 조각 갈피를 잡으려고 아무리 휘저어봐도 내 손 안에 남아 있는 건 단호한 손금뿐이었다.

하지만 거기 모인 사람들은 그 뜬구름이 눈에 보이는 사물이라도 되는 듯, 질감과 양감, 무게감과 색감, 맛과 향까지 논하고 있었다. 모든 단어들이 제멋대로 부려진 것 같은데 그 와중에도 하나를 골라잡아 치열하게 싸우고 있었다. '이 시의 이미지에 아가미라는 단어는 어울리지 않는 것 같아요', '그렇다면 부레는 어떨까요?' 따위의 대화를 웃음기 없이 수십 분째 나누고 있었다. 이런 문제로도 토론이 가능하다니 늘 하반기 마케팅 테마나 신규 브랜드 아이덴티티 따위를 논하던 나는 도무지 한마디도 낄 수가 없었다.

그날 귀가하는 지하철에서 내 텅 빈 손을 들여다봤다. 다 같이 뜬구름을 헤집었는데 왜 내 손엔 아무것도 남지 않았을까. 나는 내 손금에 '영영 시를 이해 못할 팔자'라고 쓰여 있는 건 아닐까 겁이 나서 주먹을 꽉 쥐었다.

신속히 합평에 익숙해져야 했다. 타인의 내밀한 세계를 엿본 대가로 나에게는 쓸모 있는 말을 해줘야 할 의무가 주어졌다. 대부분의 시 수업이 이 합평 방식으로 이루어졌다. 돌아가며 타인의 시에 대해 논평하는 행위에는 약간 무서운 지점이 있다. 말하는 사람이 어느 정도의 성의와 깊이로 시를 읽어냈는지 단박에 티가 나기 때문이다. 한 학기 수업이 끝나면 한 인물이 타인의 시를 어느 정도로 소화해 내는지 그 능력치가 보였다. 초창기 나는 수업에서 멍청한 소리를 늘어놓아 문우의 귀한 합평 기회를 갉아먹을까 봐 모두의 시를 열심히도 읽어갔다. 인파로 빼곡한 지하철에 서서 작게 접어온 급우들의 시를 한없이 노려봤다. 그럼에도 참 해줄 말이 없었다. '잘 이해는 안 가지만'이라는 서두는 무의미했다. 모든 시가 이해가 안 갔기 때문이다. '이 부분이 좋은 것 같아요'라는 말도 무의미했다. '뭔 소린지 모르겠지만 묘하게 맘에 드는 것 같기도? 근데 왜 그런지는 내 맘 나도 모름. 그냥 그런 느낌적인 느낌'이었기 때문이다. 그날의 나는 어쩌면 '쟤가 이 시를 이해한 거면 전원 이해한 것임'에서 '쟤'를 맡았는지도 모르겠다.

나와 같은 신출내기의 막연한 인상 합평부터 타인의 시 세계를 예리하게 감각해주는 묵직한 한마디까지, 급우들의 모든 말을 듣고 나서는 선생님이 최종 보스처럼 한마디씩 하시곤 했다. 선생님은 때로 누군가의 시를 보며 '이 시에서는 기성 시인 아무개의 냄새가 난다'는 말씀을 하셨다. 그러면 고개를 끄덕이는 모두의 눈치를 살피며 나는 그 기성 시인 아무개의 시를 장바구니에 담곤 했다. 선생님은 때로 지엄한 목소리로 누군가에게 '당신의 모든 시에서 자기 연민이 묻어난다'는 말씀을 하셨다. 그럴 때의 선생님은 냉철한 심리상담가 같았다. 그런데 뒤이어 선생님이 맑은 눈에 광기를 띄고 '어떻게 해야 시에서 자기 연민을 걷어낼 수 있을까? 우리가 돈을 걷어서 아무개에게 왕좌같이 으리으리한 의자를 사줄까? 거기 앉아서 쓰면 자기 연민 관두지 않을까?' 같은 말씀을 하실 때는 랭보 같았다. 아무튼 무슨 시에서든 모두가 납득할 만한 한마디를 찾아내는 선생님이 경이로웠다.

때로는 '와, 진짜 백 번 천 번 읽어봐도 무슨 말인지 모르겠다'는 시도 있었다. 하지만 선생님은 보시더니 해법을 찾았다는 듯 말씀하셨다. '이 시는 마지막 연에서 첫 연으로 거꾸로 읽어야 더 명징하네! 그렇게 퇴고해봐요.' 그러자 모두 장침으로 혈자리를 찔린 듯 탄성을 내지르며 고개를 끄덕거렸다. 내 눈엔 거꾸로 읽은들 혼돈이 정리되기는커녕, 당황이 황당이 된 것과 매한가지였는데 말이다.

영화에 나오는 것 같은 시인다운 광기, 예를 들면 한겨울 분수로 뛰어든다거나 광화문 이순신 장군 동상을 타고 올라간다거나 하는 행동을 보여준 사람은 없었다. 사실 시 쓰는 사람들은 그런 적극적 행동을 하기엔 대부분 수줍음이 많았고 에너지 레벨이 낮았다. 하지만 오후 4시에 시작한 합평 수업을 자정 넘어서까지 하며, 지하철 끊길 것 같은 사람은 가라고 해도 아무도 일어나지 않는 강의실이야말로 광기의 도가니였다. 나는 농담 삼아 그들을, 시치광이라고 불렀다. 제대로 시친 놈들이라고 말하기도 했다.

시치광이들은 늦은 시간에 수업을 마치고도 곧잘 모여 술을 마셨다. 술기운에 마음의 빗장이 풀려버린 그 자리에선 수업에서 못 했던 이야기들이 쏟아져 나오곤 했다. '아까 제대로 표현 못 했는데 오늘 당신 시 쩔었다'거나 '님 시의 이러이러한 구절이 아직도 생생하다'는 낯간지러운 칭찬도 오갔다.

달콤한 말만 주고받은 것은 아니었다. 지금도 기억하는 어느 날 술자리의 화두는 대상화로 인한 불편함이었다. 우리는 시에서 타자를 어디까지 나의 이야깃감으로 쓸 수 있는가에 대해 불꽃 튀는 설전을 벌였다. 서로 불편함에 대해 이야기하다 보니 젊음과 늙음, 자연과 도시, 원시와 선진 문명 같은 이분법이 질타받았고 전 국민을 침통하게 한 비극을 시에 가져다 쓰는 것은 괜찮은지에 대한 난상토론이 이어졌다. 모두 술에 취했고 각자 불편의 기준을 들이대며 다투기까지 했다. 나는 내일 출근을 해야 함에도 새벽 두시에 불편함 배틀을 벌이는 그들이 흥미로워 자리를 뜰 수가 없었다. 나도 꽤나 빡빡한 센서를 가지고 있다 생각했거늘 시친 자들의 기준에 비하면 구멍 난 무명천이었다. '더 주의해야겠군' 되뇌며 소주잔을 입으로 가져가는 나에게 누군가 그날 합평했던 내 시의 한 구절, '나는 난시라 달이 두 개로 보여'가 불편하다고 말했다. 난시를 타자화하고 대상화한 것 같다는 말이었다. 당황한 나는 "제가 난시인데요? 제 얘긴데요?"라고 말했지만 그는 근엄하게 "당사자성이 핑계가 될 순 없죠"라고 말했다. 그 구절을 빼야 하는 걸까 깊이 고민했는데 다음 날 술에서 깬 그가 따로 연락해와 '어제 한 말은 과했던 것 같다'며 사과했다. (그래서 나는 그 구절을 이 시집에 남겨둘 수 있었다.)

술자리에서 할 말이 떨어지면 비장의 질문이 있었다. '어떤 시인 좋아해요?' 누구에게나 가슴으로 존경하고 존함만으로 가슴 떨려 하는 시인이 있었다. 시인들은 외부 활동이 많지 않아 수년마다 나오는 시집 한 권이 그를 흠모할 수 있는 거리의 전부인데 그럼에도 다들 대차게 사랑했다. 물론 그 와중에도 '좋아하는 시인이요? 저는 제 시를 제일 좋아합니다'라고 말하는 사람들도 있었다. 이런 인물을 두어 번 봤더니 더는 놀랍지도 않아서 나중에 나는 '여기 안 그런 사람 있어요? 본인 다음으로 누구 좋아하는지 말해 봐요.'라고 말하곤 했다. 종종 이 질문에서 한 발 더 나아가 '언젠가 반드시 뛰어넘고 싶은 시인이 누구냐'고 묻기도 했다. 흥미롭게도 많은 이들이 앞서 말한, 자기가 사랑하는 시인을 한 번 더 꼽곤 했다. 경애하고 흠모하지만 솔직히 뛰어넘고 싶은 욕망. 예술가다운 패기였다.

조금씩 그들에게 섞여들며, 신기루 같고 뜬구름 같기만 했던 시가 언젠가부터 내 안에 또렷한 형체로 자리함을 느낄 수 있었다. 치과 냄새만 나던 위스키에서 다양한 레이어의 향을 감각하기 시작한 것처럼 시도 나에게 감상 가능한 무언가, 손에 잡히는 무언가로 변모하고 있었다. 나도 아가미니 부레니 하는 단어 몇 개로도 한참을 토론할 수 있는 사람이 되었다. 하지만 여전히 쓰는 것은 어려웠다. 모험을 겁내고 모범을 추구하는 나의 창작물은 기왕의 틀 안에 있는 경우가 많았다. 기본적으로 내 글과 그림은 비

숫한 면이 있는데, 단정한 조형미나 대칭에서 오는 강박적 쾌감을 추구한다는 것이다. 언제나 사무치게 정갈하다. 하지만 그와 동시에 그를 벗어나고자 하는 욕망도 치열하다. 좀 더 이글거리고 싶고 거칠어지고 싶고 혼란스럽고 싶고 도약하고 싶은데 잘되지 않아서 언제나 갈급한 마음이다.

어느 날 선생님이 학생들마다 그 학기의 특별 미션을 주셨다. 산문시만 줄기차게 쓰는 누군가에겐 운문시의 미션을, 모든 시에 자아가 진득했던 사람에겐 '나'를 빼고 써 보라고 주문하셨다. 그때 선생님이 나에게 주신 미션은 '발작'이었다. 선생님은 '홍인혜, 올해 한번 발작해봐' 하고 진지하게 말하셨다. 미션을 들은 문우들도 동의했다. '아, 인혜씨는 발작할 때 됐지요.' 도약도, 탈선도, 모험도 아닌 발작이라니. 그 학기에 나는 발작하려고 무진 애를 썼다. 책상에 '발작'이라고 써서 붙여둔 것은 지나치게 모범생스러웠지만. 한 번은 내 딴에는 밤새 발작한 끝에 스스로를 초월한 일탈의 시를 써갔는데 선생님이 보시더니 한참 말씀이 없으셨다. 그러더니 읊조리셨다. '…이게 다 발작한 거니?' 발작해봤자 벼룩이었다. 나는 누울 자리를 보고 발작하는 사람이었다. 그 학기엔 끝끝내 미션을 클리어하지 못했지만 요즘도 종종 시를 쓰고 나서 생각한다. '충분히 발작했나?'

이런 생각들이 내 세계에 균열을 냈음이 틀림없다. 시를 쓰기 전에 내 주변에는 지도 어플로 치면 '최단 거리' 혹은 '최소 환승'으로 움직이는 사람들이 대부분이었다. 저마다의 꿈도 있고 낭만도 있고 이상도 있었지만 아무튼 효율과 합리로 움직이는 사람들이었다. 지상에 발을 착 붙이고 명료한 걸음걸이로 나아가는 사람들이었다. 하지만 시를 쓰는 사람들은 나서서 휘청거리고 있었고 일부러 헤매고 있었다. 아니 막말로 21세기에 아직도 예술 하겠다고 투신하는 사람들이라니 제정신이냐 이 말이다. 정신 차리고 보니 그 광기와 몽환이 나에게도 착실히 옮아붙어 있었다.

언젠가부터 나도 밤을 잘 묘사하고 싶어서 어둠 속에서 몇 시간이고 어둠을 응시하는 사람이 되었다. 비를 잘 감각하고 싶어서 비 오는 날 우산을 접고 그네에 앉아보는 사람이 되었다. 가끔 몰래 신발을 벗고 맨발로 거리를 걸어보는 사람이 되었고, 고열로 신음하던 밤에도 메모장을 열어 열기에 대한 시상을 적어두는 사람이 되었다. 물론 내 안에 최후까지 떨치지 못한 한 조각 상식인으로서의 자의식이 이런 행동들을 하는 스스로를 감찰하곤 하지만. '너 지금 시인 뽕 제대로 맞은 것 알지?' 하고 뾰족한 손가락으로 지적하곤 하지만. 시계추처럼 이성과 합리로 돌아올지언정 그를 벗어나고자 하는 추동에 은근한 힘을 실어주게 되었다.

시인이 되고 나서 '막살이 자격증'이 생겼다는 농담을 한 적이 있다. 무슨 짓을 해도, 어떻게 살아도 '시인이니까' 하고 넘어가게 된다는 말인데 실제 사람들이 그렇게 이해를 해준다기보다 내 마음 자세가 그리된 것에 가깝다. 실

제로 나는 마구잡이로 살 만한 용기도 배포도 부족하기에 이 자격증은 하나의 상징으로서 내 영혼의 지갑 안에 영원히 자리할 것이다. 고희연에서도 꺼내 쓰다듬어볼 것이다.

지난 오랜 세월, 거대한 혼돈, 뜬구름, 아무 말 대잔치 같던 시에서 조금씩 질감을, 양감을, 실체를 발굴해왔다. 여전히 그 아름다운 이미지 다발에 두 손을 집어넣고 아귀를 휘두른다 해도 잘 갈무리된 이해의 꾸러미가 잡히진 않는다. 여전히 손에 남은 것은 나의 손금뿐이다. 하지만 그 손금에 붙어 반짝이는 몇 알의 모래를 본다. 그것은 나의 별자리다. 더듬더듬 짚어나가는 몽환의 천체이고 지친 무릎을 두드리며 바라보는 환상의 밤하늘이다. 여전히 합평을 할 때는 스스로가 헛소리를 할까 두렵지만, 들으나 마나한 말보단 조금 나은 수준의 발화를 할 수 있게 되었다고 믿는다. 서가의 대부분을 시집이 차지하게 되었고, 서점에 가면 시 코너에서 떠날 줄을 모른다. 늘 카오스나 아노미 같던 시에서 황홀한 혼돈을 본다. 그 뒤섞임과 일렁거림 자체로 나를 매혹하는 혼돈. 지금 생각해보면 그 옛날의 첫 수업에서, 텅 빈 노트에 '뭔 소리야'라고 끄적였던 그날부터 나는 시에게 반했던 것 같다.

때로 생업에 치여 인생에서 시가 사라져버릴 때가 있다. 나는 그럴 때 불행하다. 의식적으로 겉옷 주머니에 시집 한 권을 넣고 다니며 아무 데서나 펼쳐든다. 하지만 이제 시만으로는 부족하다. 시 쓰는 사람들을 만나 시에 대해 양껏 떠들고 나서야 인생이 제대로 돌아가고 있다고 느낀다. 먹고 사느라 삶이 지나치게 팍팍하고 밋밋하고 낭만의 숨구멍이 틀어막혔음을 느낄 때 유독 시 쓰는 사람들이 그립다. 그들과 소통해야 발이 땅에 붙다 못해 쥐포처럼 납작해진 2차원의 영혼이 빵처럼 부풀어 오름을 느낀다. 늘 눈동자에 깜박이는 커서를 띄우고 인생을 최고의 효율로 처리하려고 애쓰는 내가 마음의 구두끈을 풀고 헐거워

짐을 느낀다.

　나는 시를 좋아한다. 그것을 써내려가는 시인들을 좋아한다. 시와 사람 인ㅅ자가 딱 들러붙은 그 존재들, 시의 사람들. 여전히 그들이 신기하고, 제법 자연스레 그들과 어울리는 요즘의 내 삶이 신기하다. 이미 다 들통난 듯싶지만 나는 인생 전반에 걸쳐 대체로 모범생이었고 익숙한 길만 걷는 사람이었다. 조심성이 호기심을 틀어막는 사람이었다. 그렇기에 내가 발 딛어본 영토 중 가장 먼 세계까지 가보았다는 사실, 그 세계가 나를 받아줬다는 감각이 소중하다. 그 길을 함께 떠도는 동료들이 소중하다.

　나도 그들도, 시의 사람들이다.

아침달 시집 27

우리의 노래는 이미

1판 1쇄 펴냄 2022년 12월 19일
1판 2쇄 펴냄 2023년 4월 28일

지은이 홍인혜
큐레이터 김소연, 김언, 유계영
편집 송승언, 서윤후
디자인 한유미, 정유경

펴낸곳 아침달
펴낸이 손문경
출판등록 제2013-000289호
주소 03980 서울시 마포구 성미산로 153-16, 2층
전화 02-3446-5238
팩스 02-3446-5208
전자우편 achimdalbooks@gmail.com

© 홍인혜, 2022
ISBN 979-11-89467-74-6 03810

값 12,000원